sip?

Maria van Eeden
tekeningen van Jan Jutte

◄ ⊞ ij ▭ ◕ ☯   Zwijsen

sep

ep

pep

sep.

sep en pep.

sep en pep en ep.

sep is sip.

pep en vaas.
en is ep er?
sep is sip.

ep is er!
sep en pep en ep.

ep en sep.
en pep?

sep is sip.
en pep?

sep is ver.
en ep?

mis.
ep is sip.

pep en ep.
en maan.

ep is sep.
ep is raar!

maan en raam.
pep is er.
en sep en ep?

sep is sip.
ep is sip.

sep is er.
ep is er.
en is pep er?

pep is er.

sep is er.
ep is er.
en pep?

ep is sip.
sep is sip.
en pep?

Serie 2 • bij kern 2 van Veilig leren lezen

Na 4 weken leesonderwijs:

1. maan en saar
Frank Smulders en
Leo Timmers

2. sem en roos
Erik van Os &
Elle van Lieshout en
Hugo van Look

3. sip?
Maria van Eeden
en Jan Jutte

4. maan is ver
Marjolein Krijger

5. ik mis roos
Gitte spee

6. pim en maan
Anke de Vries en
Camila Fialkowski

7. pip is raar
Daniëlle Schothorst

8. er is vis
Brigitte Minne en
Ann de Bode